Du même auteur

chez Gulf Stream Éditeur

La Corderie royale
Ces drôles d'oiseaux sur le chantier de l'Hermione

chez M6 Éditions

À la recherche du dinosaure géant, coll. «Max la science»

dans la collection «Mes drôles de questions sur», dirigée par Mac Lesggy

La Vie quotidienne
Le Corps humain
Les Animaux sauvages
L'Histoire de France
La Terre
Les Chiens et les chats

© Gulf Stream Éditeur, Saint-Herblain, 2009
ISBN : 978-2-35488-044-6
Loi 49-956 du 16 juillet 1949 sur les publications destinées à la jeunesse

Textes et illustrations

Didier Georget

crrôak!

La VIE À BORD

DE LA FRÉGATE

HERMIONE

Gulf Stream Éditeur

Sommaire

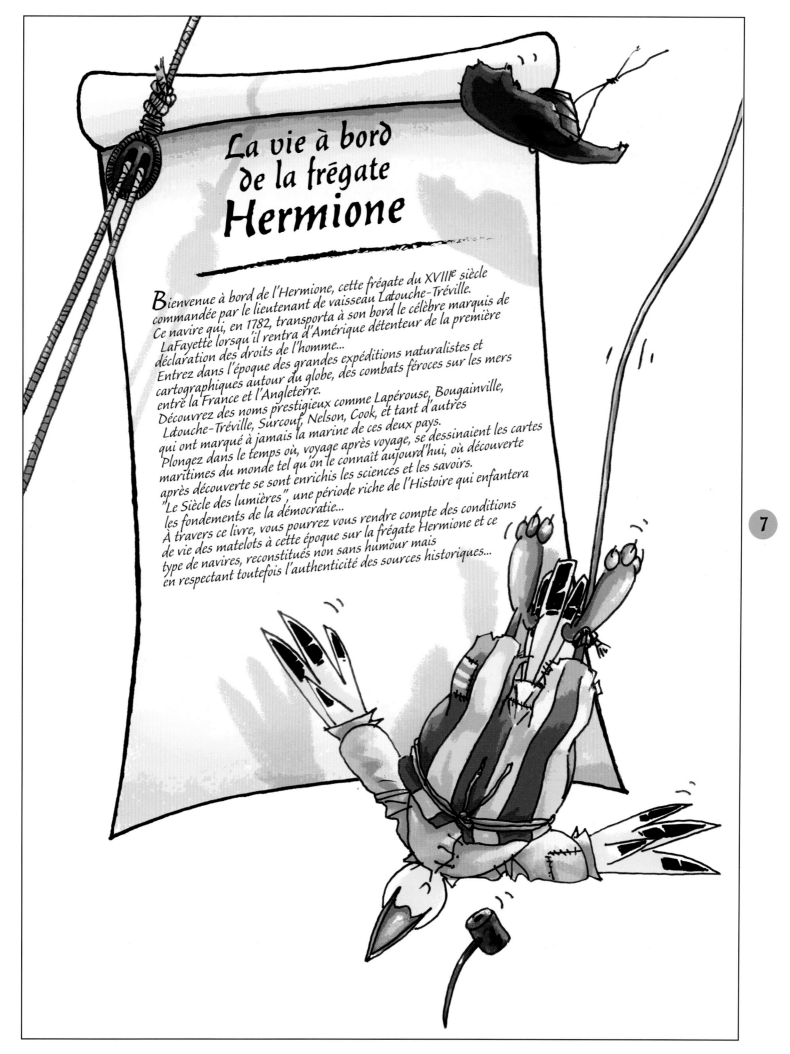

La vie à bord de la frégate Hermione

*B*ienvenue à bord de l'Hermione, cette frégate du XVIIIe siècle commandée par le lieutenant de vaisseau Latouche-Tréville.
Ce navire qui, en 1782, transporta à son bord le célèbre marquis de LaFayette lorsqu'il rentra d'Amérique détenteur de la première déclaration des droits de l'homme...
Entrez dans l'époque des grandes expéditions naturalistes et cartographiques autour du globe, des combats féroces sur les mers entre la France et l'Angleterre.
Découvrez des noms prestigieux comme Lapérouse, Bougainville, Latouche-Tréville, Surcouf, Nelson, Cook, et tant d'autres qui ont marqué à jamais la marine de ces deux pays.
Plongez dans le temps où, voyage après voyage, se dessinaient les cartes maritimes du monde tel qu'on le connaît aujourd'hui, où découverte après découverte se sont enrichis les sciences et les savoirs.
"Le Siècle des lumières", une période riche de l'Histoire qui enfantera les fondements de la démocratie...
À travers ce livre, vous pourrez vous rendre compte des conditions de vie des matelots à cette époque sur la frégate Hermione et ce type de navires, reconstitués non sans humour mais en respectant toutefois l'authenticité des sources historiques...

En ces temps-là, l'existence du marin n'était guère enviable. La vie à bord des navires de guerre ou gros marchand était très rude, le confort inexistant, l'hygiène réduite à sa plus simple expression, le régime alimentaire des matelots drastique et leur travail très pénible. En mer, les conditions, rendues particulièrement difficiles par gros temps, ajoutaient à cette rigueur quotidienne qui décimait un à un les plus chétifs.

Embarqués dès le plus jeune âge, les mousses s'extirpaient de l'enfance pour basculer brutalement dans le monde adulte.

À bord, pas de régime spécial. Gabier, simple matelot, charpentier ou cuisto, chacun à son poste est un maillon de la chaîne indispensable au bon fonctionnement de ces gros navires. Pas question de faillir à la tâche sous peine de lourdes sanctions ! Vaisseaux ou frégates, porteurs de 300 à plus de 600 hommes, c'étaient de véritables garnisons embarquées qu'il fallait savoir maîtriser tant le moral fluctuait selon les caprices du vent et les épidémies.

La hiérarchie du bord ne souffrait aucun passe-droit et la mutinerie, pour le commandant, seul maître à bord, restait le pire des dangers. Discipline et justice s'avéraient les seuls moyens pour parer cette hérésie.

Les campagnes de mer, longues souvent de plusieurs mois, laissaient derrière elles un nombre considérable de victimes.

La grande bleue, théâtre de batailles, de courses poursuites, d'abordages, de découvertes et de nombreux naufrages, reste pour l'homme tout au long de son Histoire un haut lieu d'enseignement. Bon vent et bonne route...

Coupe longitudinale de la frégate

Pont de batterie

Grand cabestan

Cages à volailles

Capot de la grande échelle

Pont de gaillard arrière

Échelle des passavants

Dunette
Poste de commandement

Timonerie
Barre à roue, commande du gouvernail

Cabines des officiers

Panneau aux vivres

Salle du conseil

Cabine du commandant

Cabine du maître canonnier

Sainte barbe

Soute aux grains

Soute aux biscuits

Soute aux poudres

Soute aux vivres du commandant
(il nourrit les membres de l'état-major à sa table)

Four à pain

Cale au vinaigre et à l'huile

Puits aux boulets

Cambuse

Soute aux barils de poudre

Cale à vin

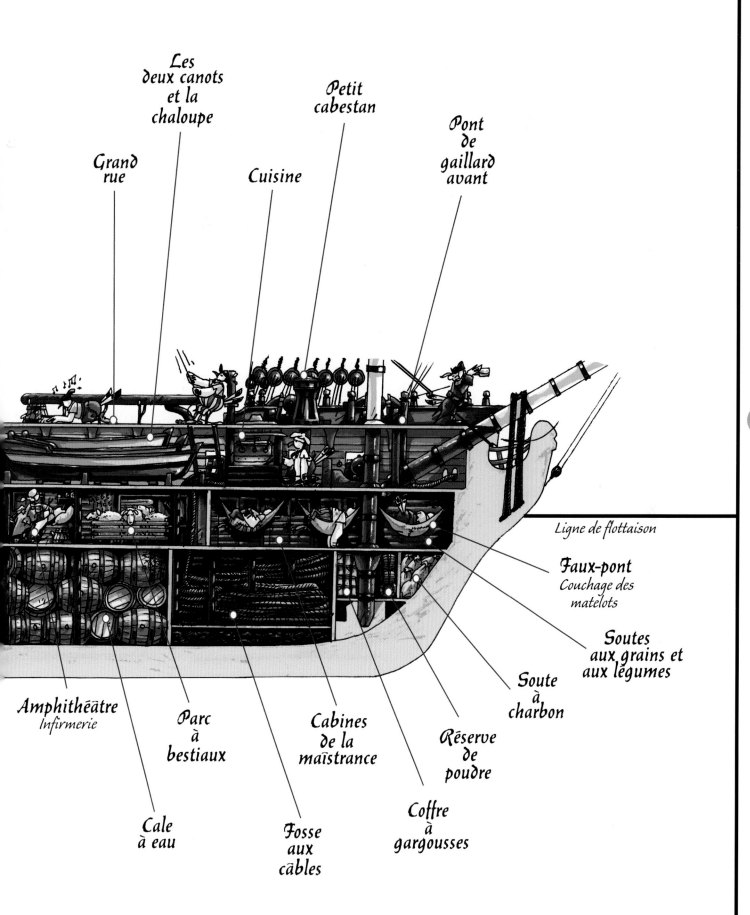

Les
deux canots
et la
chaloupe

Petit
cabestan

Pont
de
gaillard
avant

Grand
rue

Cuisine

11

Ligne de flottaison

Faux-pont
Couchage des
matelots

Soutes
aux grains et
aux légumes

Soute
à
charbon

Amphithéâtre
Infirmerie

Parc
à
bestiaux

Cabines
de la
maîstrance

Réserve
de
poudre

Cale
à eau

Fosse
aux
câbles

Coffre
à
gargousses

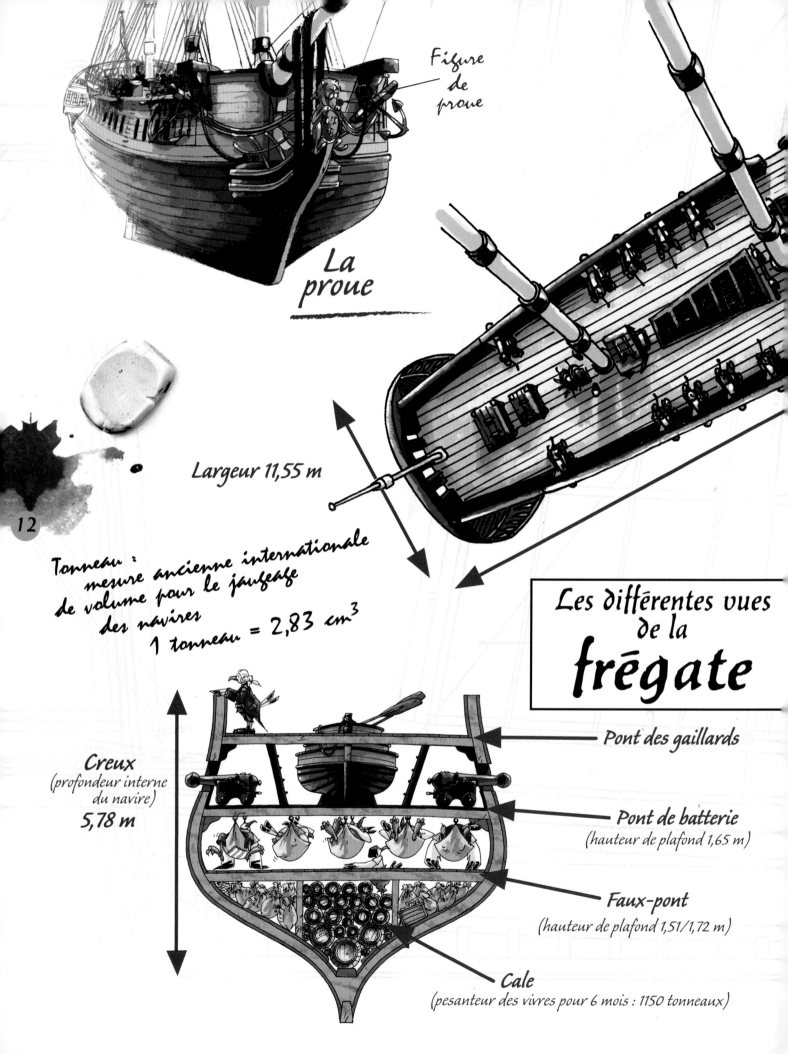

Figure de proue

La proue

Largeur 11,55 m

Tonneau : mesure ancienne internationale de volume pour le jaugeage des navires
1 tonneau = 2,83 cm³

12

Les différentes vues de la **frégate**

Creux (profondeur interne du navire) 5,78 m

Pont des gaillards

Pont de batterie (hauteur de plafond 1,65 m)

Faux-pont (hauteur de plafond 1,51/1,72 m)

Cale (pesanteur des vivres pour 6 mois : 1150 tonneaux)

Longueur 44,20 m
65 m (longueur hors tout avec le mât de beaupré)

La poupe

Sabord de charge
pour les poudres

Grand mât

Mât de misaine

Voile d'étai
de perroquet
85 m²

Grand
perroquet
135 m²

Petit
perroquet
120 m²

Mât d'artimon

Perruche
d'artimon
80 m²

Perruche
d'artimon
80 m²

Perroquet
de
fougue
190 m²

Grand
hunier
390 m²

Petit
hunier
350 m²

Grand
foc
140 m²

Faux
foc
130 m²

Voile d'étai
de perroquet
de fougue
105 m²
(diablotin)

Petit
foc
90 m²

Artimon
115 m²

Grand
voile
435 m²

Misaine
345 m²

Mât de beaupré

Civadière
160 m²

Ligne de flottaison

Voile d'étai
d'artimon
70 m²

Grand
voile d'étai
180 m²

Voile d'étai
de grand
hunier
225 m²

Plan de la voilure

13

3620m² de voilure

27 km de cordage
+ 5 km de rechange
130 à 140 t de lest

Déplacement = poids 1000 t
Tirant d'air = 48,75 m
(de la flottaison jusqu'en haut du mât)
Tirant d'eau = 5,68 m

Les provisions embarquées dans les soutes et les cales sont généralement calculées pour une période de six mois. Le ventre du navire est ainsi rempli de vivres et d'objets divers, de petit ou gros matériel de rechange pour l'accastillage, la voilure, les cordages ; d'artillerie, de boulets et de poudre ; de denrées périssables conservées tant bien que mal dans le sel, afin de résister à l'insalubrité qui y règne ; de bêtes sur pieds, de liquides de toutes sortes (eau, vin, alcool, huile, vinaigre)...

Lorsque toutes ces choses sont étalées sur le quai avant l'embarquement, on a peine à croire qu'elles peuvent entrer dans la panse de ces bateaux. Dans cette obscurité humide, la difficulté majeure reste la conservation de l'eau douce. Elle ne survit guère plus d'un mois. Croupissant, elle se pare de couleurs rebutantes et d'une forte odeur putride. Rapidement, les vers et autres bactéries s'y invitent.

Un terrain propice aux maladies...

14

Liste de matériel & de Vivres
à bord d'une Frégate de douze pour 6 mois

Matériel

Armes & Artillerie

Boulet de 12 livres	1500.-
Boulet ramé	1500.-
Gargousse	3000.-
Sac de mitraille	60.-
Poudre	10 tonnes
Canon de 12 livres	26.-
Canon de 6 livres	6.-
	10.-
Canon de 1 livre	4.-
	160.-

Vivres

Eau	84 000 litres
Vin	39708 litres
Tafia	600 litres
Huile d'olive	1000 litres
Vinaigre	550 litres
Sel	1200 kilos
Sucre	150 kilos
Farine	10 000 kilos
Biscuits	30630 kilos
Morue	187 kilos
Fromage	873 kilos
Lard	5405 kilos
Boeuf	974 kilos
Légumes	4480 kilos
Riz	1698 kilos
Charbon de bois	1000 kil

Les conditionnements

Les fagots de petits bois :
(de javelles)

servent à caler les barriques entre elles et alimentent le feu de la cuisine du coq.

Barrique
242 l

Demie barrique
121 l

Quart à farine
60,5 l

Quart à lard
viande poisson

Baril de 15 pots
vinaigre huile d'olive

Baril de galère
poudre

Pour la conservation de l'eau on "camburge" les barriques : on les rince à l'eau de chaux vive pour que se dépose une pellicule protectrice sur la paroi qui conserve un peu plus durablement la clarté de celle-ci.

Pois Fèves **Riz** **Biscuits** **Charbon de bois**

Miam miam !!

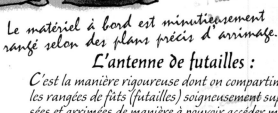

Le matériel à bord est minutieusement rangé selon des plans précis d'arrimage.

L'antenne de futailles :

C'est la manière rigoureuse dont on compartimente les rangées de fûts (futailles) soigneusement superposées et arrimées de manière à pouvoir accéder méthodiquement et sans encombre aux niveaux inférieurs. L'équilibre de la frégate dépend de cette marchandise et de la répartition de son poids dans les cales et les soutes. On veille donc systématiquement à remplir d'eau de mer chaque barrique ou tonneau consommés. Le désordre est indésirable à bord d'un navire...

15

Baril à bourse
pour transporter la poudre

Seau à pompe
pour évacuer l'eau du navire

Les liquides :

 La chopine : *0,46 l = 1/2 pinte*

 La pinte : *0,93 l*

 Le pot : *1,9 l = 2 pintes*

La dame-jeanne
pour le transport des vins et des alcools vers la table de l'état-major :
14,25 l à 19 l
= 15 à 20 pintes

Poids - mesures - contenances...

Les poids :

 La livre = *16 onces = 489 g*

 L'once = *8 gros = 30,50 g*

 Le gros = *3,8 g*

Pour les grains :

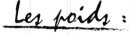

Le boisseau : *13 l*

La monnaie :

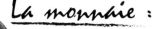

Le sol : *1 sol = 12 deniers*

---

* *Javelles : brindilles ou jeunes sarments issus de la taille des "ceps" ou pieds de vigne.*

La hiérarchie des navires & de l'équipage

Le vaisseau
de ligne

3 ponts de batterie

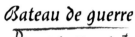

Bateau de guerre

Peu manœuvrant,
forte puissance de feu.

74 à 118 canons
600 à 800 hommes

✕ La frégate
identique à l'Hermione

1 pont de batterie

Bateau d'escorte

Plus rapide qu'un vaisseau,
sert d'éclaireur.

24 à 30 canons
300 hommes

La flûte

1 cale énorme

Bateau de transport

Peu armé,
peu d'hommes,
transporte les marchandises.

Le traversier

1 cale à poisson

Bateau de pêche

Peu armé,
peu d'hommes,
pêche au large des côtes
atlantiques.

Commencé le 23 Janvier 1780 et fini le 26 Juin

1782

Carton 119, nº 13.

Livre de Bord

Sur le livre de bord,
Le commandant consigne heure
après heure, jour après jour, chaque
manœuvre, chaque fait et geste
d'importance. Seule trace écrite de
la campagne et rapport officiel si
besoin est pour la justice royale
de retour au pays...

croack !!

Plus de 300 hommes embarqués !

La réputation d'un bateau tenait en celle du commandant et nul matelot n'ignorait la valeur de ce dernier au moment de prendre du service. Quel que soit son grade, sa bravoure et ses faits d'armes suffisaient à faire régner la discipline.

Bien des marins ont parcouru les mers aux couleurs de la Royale ou pour leur propre compte, c'étaient avant tout des aventuriers...

Le commandant
Seul maître à bord après Dieu...

L'état-major
14 personnes

Officiers
Aumônier
Chirurgien
Apothicaire...

La maistrance
44 personnes

Maître charpentier
Maître calfat
Bosco
Maître canonnier
Maître forgeron
Maître voilier...

Les soldats de la garnison de la frégate
35 personnes

Soldats
Bas officiers...

Les surnuméraires
(personnel qui n'est pas lié directement au corps de la marine)
71 personnes

Cambusier
Boucher
Boulanger
Coq
Domestiques...

Les hommes d'équipage
152 personnes

Les mousses
31 enfants

12 gabiers - 9 timoniers - 131 matelots

17

Les allures en mer

Vent arrière

Grand largue bâbord

Grand largue tribord

Largue bâbord

Largue tribord

Petit largue bâbord

Petit largue tribord

Plus près bâbord

Plus près tribord

Direction du vent

Tirer des bords :
Tirer des bords au plus près du vent pour le remonter.

La vitesse

Bout au vent :
Nez au vent.

Choquer la voile :
Donner du mou.

*****Virer de bord :**
Virer de bord face au vent.

Border la voile :
Le contraire, la raidir.

*****Lofer :**
Virer pour se rapprocher du lit du vent.

*****Empanner**

*****Empanner :**
(anciennement : "lof pour lof")
Virer de bord en vent arrière.

Lofer

Lofer

*****Abattre :**
Contraire de lofer.
Virer pour s'éloigner du lit du vent.

*****Abattre**

Zone de vent debout

Tribord amure :
Recevoir le vent par tribord.

*****Virer de bord**

Bâbord amure :
Recevoir le vent par bâbord.

Au plus près : 9 à 11 nœuds = 20km/h
Au largue : 15 à 16 nœuds = 37km/h
En vent arrière : 10 à 11 nœuds = 20km/h

18

Le vent

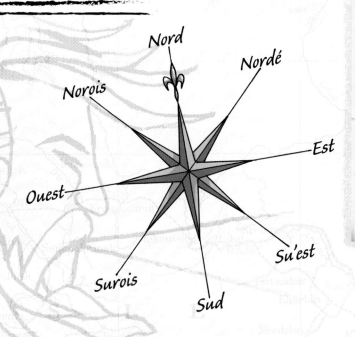

Nord
Nordé
Norois
Est
Ouest
Su'est
Surois
Sud

L'ÉTAT de la MER

Force	Descriptif	Hauteur en mètre
0	calme	0
1	ridée	0 à 0,1
2	belle	0,1 à 0,5
3	peu agitée	0,5 à 1,25
4	agitée	1,25 à 2,25
5	forte	2,5 à 4
6	très forte	4 à 6
7	grosse	6 à 9
8	très grosse	9 à 14
9	énorme	14 et plus

TABLES des VENTS

Vitesse en km/h	Dénomination
0	calme
4	très petit frais
9	petit frais
11	joli frais
14	bon frais
22	bon frais de vent
29	grand frais
36	grand frais de vent
43	gros frais
54	coup de vent
72	tempête - tourmente
144	ouragan

La météo
Les dictons

La météorologie n'est pas une science exacte,
et à défaut des bulletins quotidiens dont bénéficient les marins
aujourd'hui, il ne fallait à l'époque compter que sur soi-même.
Les marins chevronnés transmettaient leur précieux savoir
sous forme de dictons, pas toujours fiables.
Mais pour leur défense, la météorologie actuelle
n'est pas infaillible...

Soleil en hauban prépare ton caban !

Aube rouge vent ou pluie !

Soleil cerclé voile à rentrer !

Vent de norois vent qui nettoie !

La gîte :
L'angle de gîte du navire
ne doit pas dépasser 20°
sabords ouverts.

20°

20°

Mettre à la cape :
Lors d'une tempête, réduire au maximum la voilure, ne garder
qu'une seule voile basse et serrer le vent au plus près pour rester
manœuvrant et pouvoir affronter les vagues.

L'heure du bord :
Le temps sur un navire est calculé à l'aide de sabliers de durées variables : 60, 30, 15 mn...
L'heure du bord est déterminée par des sabliers qui sont retournés sans interruption depuis le départ du port.

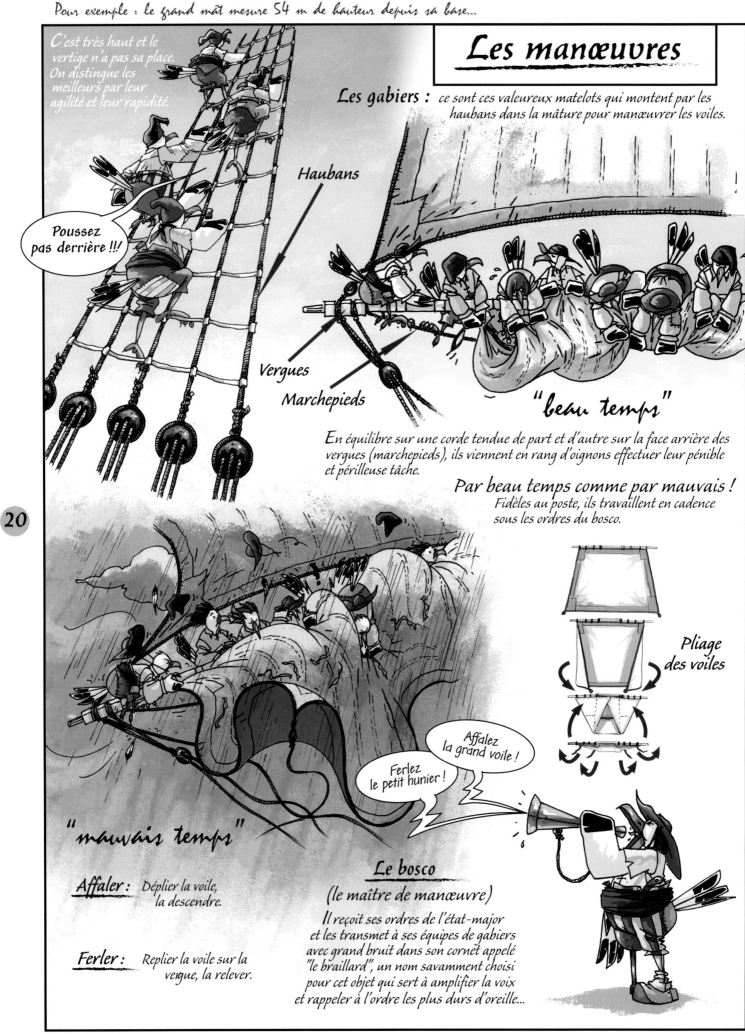

Au cabestan :

C'est le seul moment où l'on autorise les hommes à chanter pour se donner du courage tant la tâche est ardue.
Les chansons sont paillardes et souvent revanchardes à l'endroit du commandement.
"Une fois n'est pas coutume".

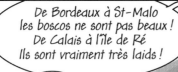

De Bordeaux à St-Malo les boscos ne sont pas beaux !
De Calais à l'île de Ré
Ils sont vraiment très laids !

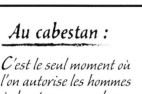

Le cabestan

En pivotant sur lui-même à la force des bras, il permet, pour le grand à l'arrière du faux-pont, de remonter l'ancre, et pour le petit sur le gaillard avant, de descendre ou hisser les vergues basses.

Quelle purée de pois!

La nuit

La timonerie :

C'est l'endroit où se situe le poste de pilotage : la barre à roue qui actionne le gouvernail.
Le maître Pilote ne quitte pas d'un œil sa boussole et son cap quelles que soient les conditions de mer.
Une équipe formée d'un second pilote et de ses aides pilotes est là pour se relayer et veiller jour et nuit à ne pas s'écarter de la route ordonnée par le commandant.

Le fil de vie :

C'est un cordage que l'on tend d'un bout à l'autre du navire par gros temps.
Il permet aux hommes bringuebalés par la houle et les embruns de maintenir leur équilibre pendant leurs déplacements.
Rien n'arrête le travail sur une frégate, de jour comme de nuit...

L'ancre
de
miséricorde
4,5 t

9 vaillants gaillards pour manœuvrer un canon...

L'artillerie

32 canons à bord
soit :
26 canons de 12
6 canons de 6

Il ne faut pas moins de
9 hommes pour manœuvrer
cette pièce maîtresse de
l'artillerie du bord
pesant près de 2 t et délicate
à manipuler en raison
de la poudre.
Au maximum de la cadence,
on parvient à effectuer un tir
toutes les 5 mn,
le tout dans un espace guère
plus grand qu'un mouchoir
de poche.

Des courageux, pour nettoyer à l'aide d'un écouvillon les résidus de poudre après chaque tir...

Des costauds, pour replacer le canon dans son axe...

(Temps entre deux tirs: 5 mn)

poids d'un canon de douze avec son affût : <u>1945 kg</u>

Canon

Affût

On met le feu à la poudre à l'aide du boutefeu.

On remplit la lumière de poudre.

On perce la gargousse de poudre à travers la lumière à l'aide du dégorgeoir.

Boulet

Lumière

Valets

Gargousse de poudre

Sac de toile qui contient la charge de poudre nécessaire à chaque tir de canon.

Valet

Fait de vieux cordages.

Gargousse de poudre

Cornet de poudre

Pour remplir la lumière.

Les ustensiles des canonniers

Dégorgeoir

Refouloir *pour replacer gargousse, boulet et valets au fond de l'âme*

Écouvillon *pour nettoyer les résidus après chaque tir*

plus de 2m en longueur

Pour faire levier et soulever le canon et placer les cales de visée.

1,80m

Pour caler ou entraîner les roues du canon.

1,65m

Boutefeu

Tige métallique gainée de fin cordage sur laquelle court une mèche permettant de mettre le feu aux poudres.

24

Différents calibres de canons

Bruit équivalent à 180 décibels = décollage d'une fusée...

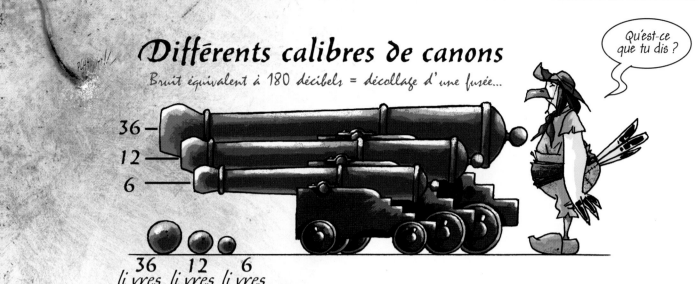

36 —
12 —
6 —

36 li vres (18 kg) **12** li vres (6 kg) **6** li vres (3 kg)

Qu'est-ce que tu dis ?

L'âme du canon

*bordée

Ensemble des canons d'un côté du navire, "tirer une bordée".

*tirer à boulet rouge

Technique utilisée à terre et qui consiste à faire rougir les boulets dans un four afin de les rendre incendiaires.

Un pied = 33 cm

Différents types de tirs

Portée de tir maximum sur terre : 600 pieds = 300 m
Portée de tir en mer pour être efficace, pas plus de 180 pieds = 60 m

Cales de visée

En bois et de tailles différentes, elles permettent de régler la hauteur de tir du canon.

Boulet	"tir plein bois"	
	Tir destiné par canonnades successives à endommager la coque des navires et parfois même les couler.	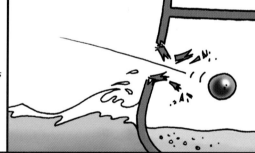
Boulet ramé (à deux têtes)	"tir à démâter" Tir destiné à démâter les navires grâce à ces projectiles qui virevoltent dans les airs et viennent percuter violemment la mâture. Un navire démâté est un navire immobilisé	
Grappe de raisin	"tir à mitraille" Tir destiné à faire le maximum de dégâts parmi l'équipage à l'aide de ce projectile rempli de grenaille. (métal réduit en une multitude de petits grains)	

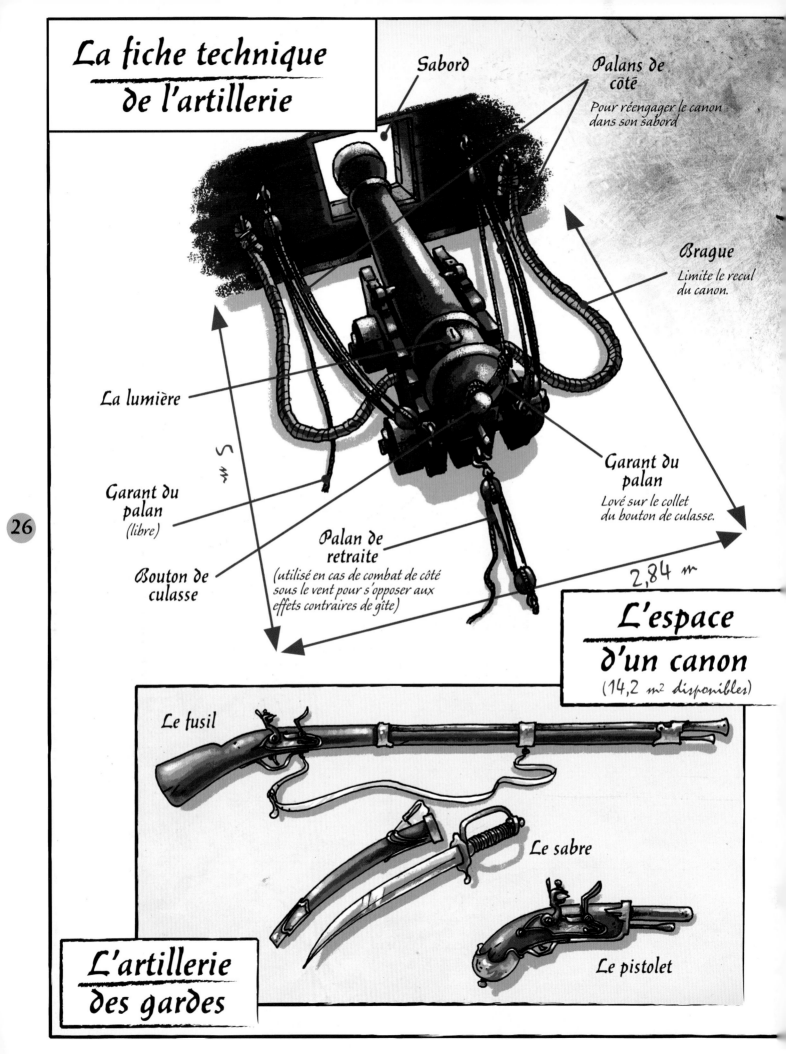

La fiche technique
de l'artillerie

Sabord

Palans de côté
Pour réengager le canon dans son sabord

Brague
Limite le recul du canon.

La lumière

Garant du palan
(libre)

Bouton de culasse

Palan de retraite
(utilisé en cas de combat de côté sous le vent pour s'opposer aux effets contraires de gîte)

Garant du palan
Lové sur le collet du bouton de culasse.

5 m

2,84 m

L'espace
d'un canon
(14,2 m² disponibles)

Le fusil

Le sabre

Le pistolet

L'artillerie
des gardes

Comment on recharge les armes à feu...

pas rapide...

Chien

Silex

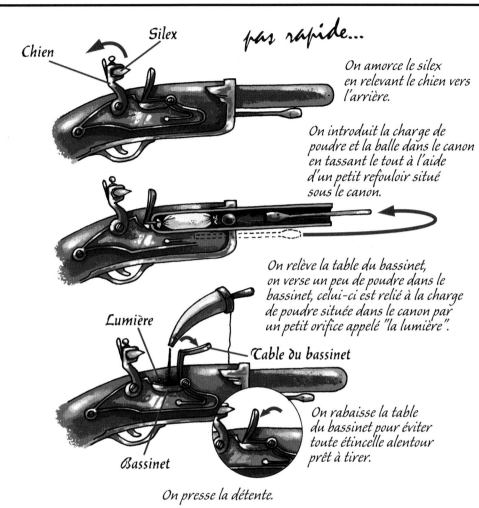

On amorce le silex en relevant le chien vers l'arrière.

On introduit la charge de poudre et la balle dans le canon en tassant le tout à l'aide d'un petit refouloir situé sous le canon.

On relève la table du bassinet, on verse un peu de poudre dans le bassinet, celui-ci est relié à la charge de poudre située dans le canon par un petit orifice appelé "la lumière".

Lumière

Table du bassinet

Bassinet

On rabaisse la table du bassinet pour éviter toute étincelle alentour prêt à tirer.

On presse la détente.

Le silex vient relever la table du bassinet qui protège la poudre, percuter le bassinet en provoquant une étincelle qui va mettre le feu à la poudre. Le feu se propage par la lumière jusque dans le canon et fait exploser la charge de poudre.

Détente

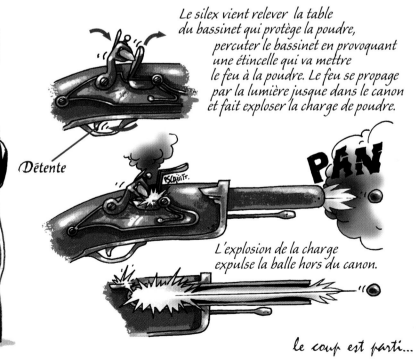

PAN

L'explosion de la charge expulse la balle hors du canon.

le coup est parti...

Les batailles navales

Les batailles navales, à cette époque, étaient terribles. Elles se déroulaient dans un vacarme ahurissant, un halo de lumière perçant çà et là à travers une épaisse fumée âcre et nauséabonde, et les hommes rôtissant à petit feu dans une chaleur accablante. Incontestablement, la force de frappe d'un vaisseau 3 ponts de 118 canons et celle d'une frégate de 32 canons étaient sans commune mesure. L'intimidation suffisait bien souvent à rompre les ardeurs, mais dans le cas contraire, le belligérant, faute de stratégie astucieuse, finissait à coup sûr avec pertes et fracas par-dessus bord...

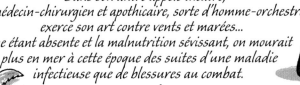

Le chirurgien

Scie à amputation

Fioles de potions miracle

Dans son antre appelé théâtre, le médecin-chirurgien et apothicaire, sorte d'homme-orchestre, exerce son art contre vents et marées...
L'hygiène étant absente et la malnutrition sévissant, on mourait plus en mer à cette époque des suites d'une maladie infectieuse que de blessures au combat.

Tire-balle

Hachette et masse
Pour morceaux difficiles.

Tape
Tresse de cuir à mordre pour supporter la douleur de l'opération et taire les hurlements.

Garrot à vis

Couteaux divers

Rhum ou tafia
Anesthésiant universel.

Fil et aiguille
Pour recoudre les plaies.

Les maladies les plus répandues et les plus ravageuses sur les navires contemporains de l'Hermione étaient le scorbut, le typhus, la typhoïde, la variole et la dysenterie.
L'issue étant bien souvent fatale, l'objectif principal pour le médecin était d'éviter à tout prix la contagion.
En ces temps, de nombreux équipages furent décimés par les épidémies.
Les blessures s'infectaient dans ces mauvaises conditions d'hygiène, et l'amputation s'avérait généralement l'unique solution...

L'amputation

On applique un garrot en amont du membre à couper, on coupe... ①

On verse le brai* chaud sur la plaie pour cautériser. ②

③

Une fois cicatrisée,

on confectionne sur mesure une jambe de bois "le pilon" (l'ancêtre des prothèses d'aujourd'hui).

La trépanation

Fréquemment utilisée en cas de choc violent à la tête pour traiter les hématomes.

②
Une fois percée, le pus ou le sang peut alors s'échapper du crâne. L'hématome se résorbe.

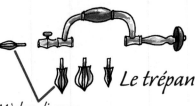

Le trépan

Mèches diverses

①
On perce tout d'abord la boîte crânienne à l'aide d'un trépan, sorte de chignole, à l'endroit où le coup a été porté...

③
On applique ensuite une pièce de monnaie ou un morceau de métal pour obstruer la plaie, on protège le tout à l'aide d'un bandage et l'affaire est faite...

Après quelque temps les chairs se reforment et la plaie peu à peu disparaît pour laisser place à une simple cicatrice...

* Le brai : sorte de goudron qui servait à enduire les coques de navire pour les rendre étanches.

Les maux du bord

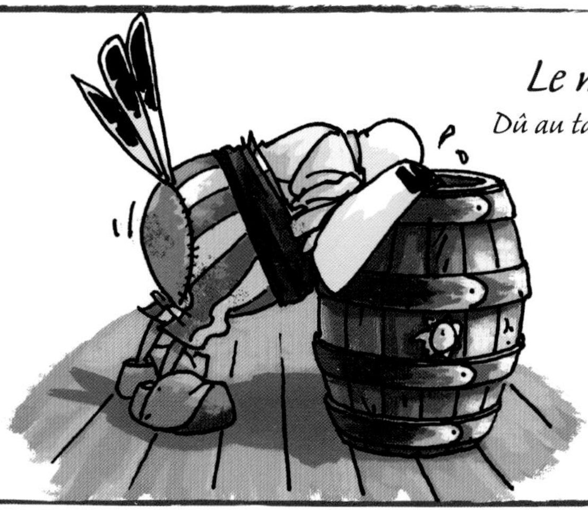

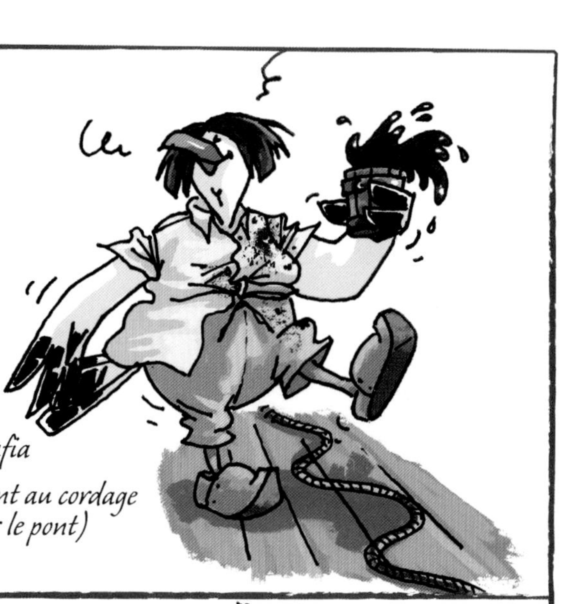

Le mal de mer

Dû au tangage et au roulis.

La biture

Dûe à un excès de tafia

(Nom donné également au cordage disposé en zigzag sur le pont)

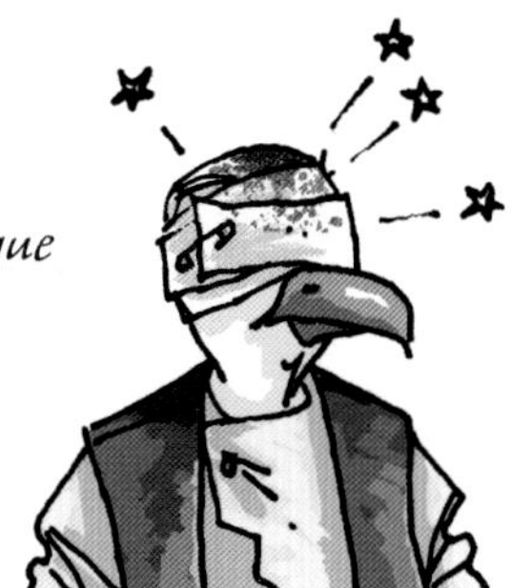

La tête

Un coup de vergue

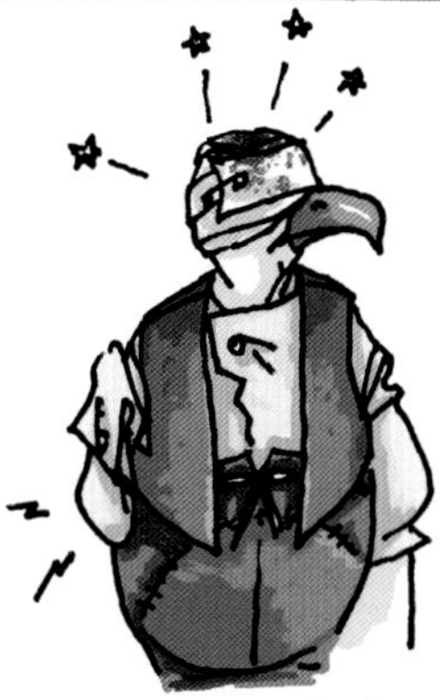

La tête et le bras

Un coup de vergue et un boulet de douze.

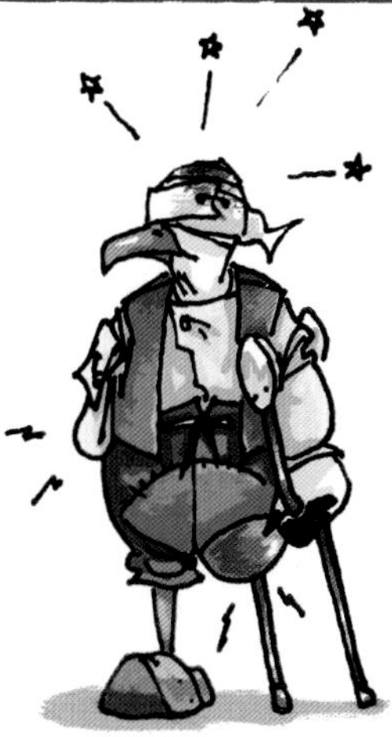

La tête, le bras et la jambe

Chute des haubans...

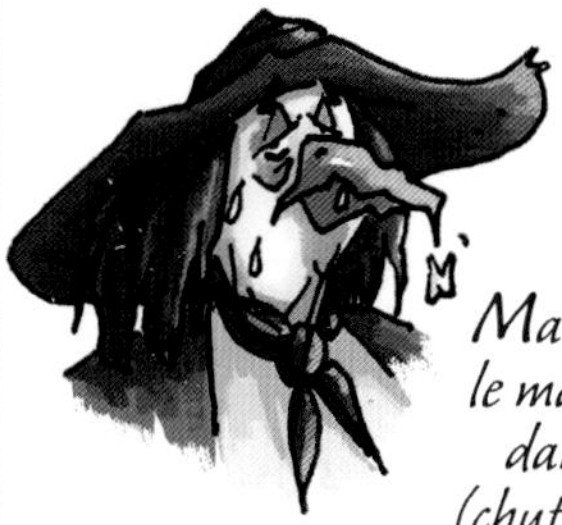

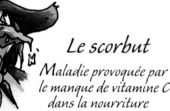

Le scorbut

Maladie provoquée par le manque de vitamine C dans la nourriture (chute des dents, fièvre, affaiblissement souvent fatal).

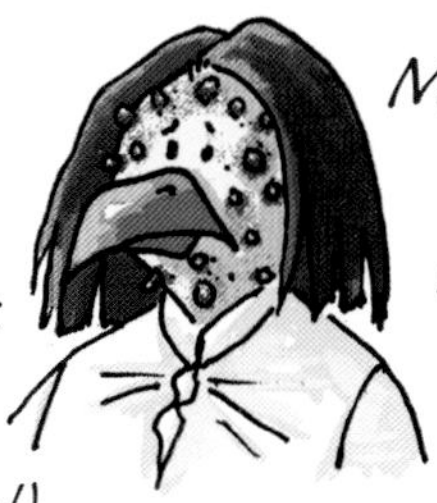

La variole

Maladie infectieuse extrêmement contagieuse et mortelle dans 15% des cas.

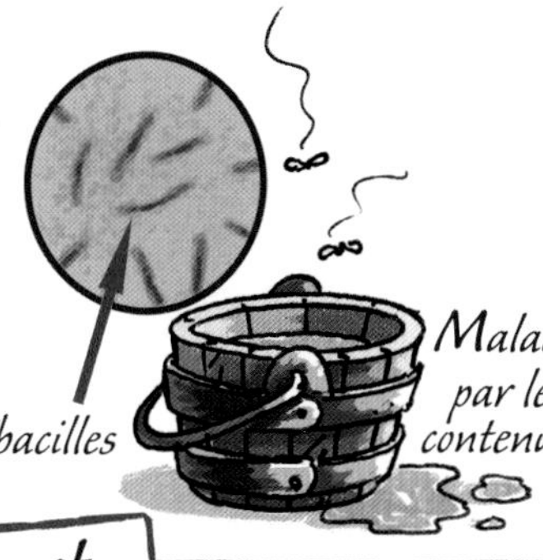

*bacilles

Maladie provoquée par les bactéries* contenues dans l'eau

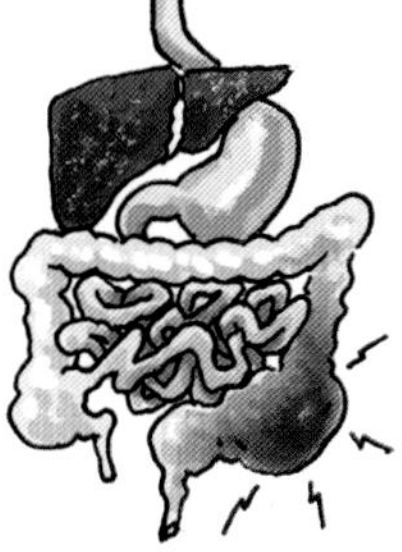

La dysenterie

Infection intestinale provoquant des diarrhées douloureuses et sanglantes.

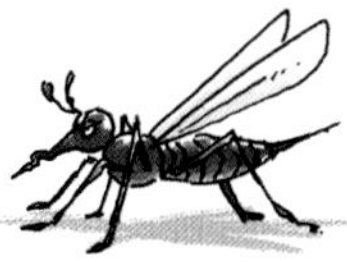

La fièvre jaune

Provoquée par les piqûres de moustiques.

Le typhus

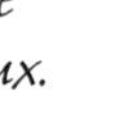

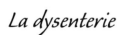

Dû à la malpropreté et propagé par les poux.

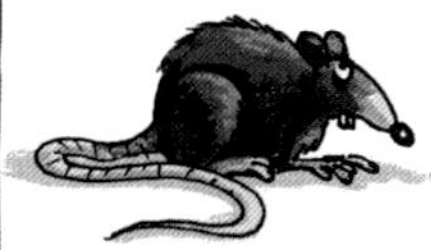

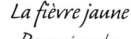

Certains, sans le savoir, se prémunissaient en mangeant les rats. Le foie du rat est riche en vitamine C...

La mort

Dans les cas extrêmes, le cadavre est placé dans un sac de toile cousu et lesté, puis, après une courte cérémonie prononcée par l'aumônier du bord, le défunt est jeté à la mer.

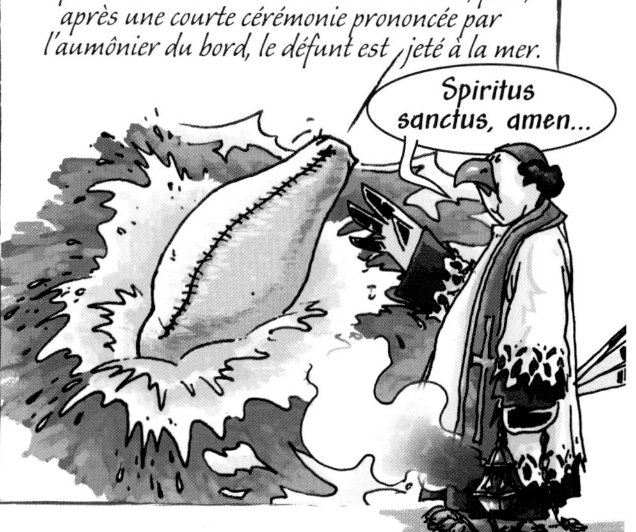
Spiritus sanctus, amen...

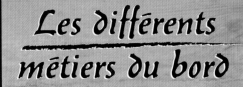

Les différents métiers du bord

Le maître armurier

Révise, règle, répare, astique pistolets, fusils, espingoles et autres armes à feu...

"Un point à l'endroit, un point à l'envers..."

"C'est quoi cette vieille pétoire..."

Le maître voilier

Sur le gaillard avant, chargé de confectionner et de réparer les voiles.

"meunier tu dors, ton moulin ton moulin va trop vite..."

Le boucher

Découenne, désosse et découpe les pièces de viande pour l'état-major

"sshliiiiiic sshiiiiiiick"

Le boulanger

Pétrit la pâte pour faire le pain et élaborer quelques pâtisseries à destination des officiers de l'état-major.

La cambuse

C'est là qu'officie le responsable de la distribution et du rationnement des vivres et de l'eau pour tout l'équipage, un personnage éminemment courtisé pour ses faveurs en "rab".

"J'l'ai à l'œil celui-là !"

Le soutier

Chargé de remonter tous les produits stockés dans les soutes et les cales au gré des besoins, mais également responsable de la répartition des charges.

"Tout doux, là-haut! tout doux..."

Le naturaliste *pour les voyages de découverte*

(souvent le médecin à la fois chirurgien, apothicaire...)

Répertorie et collecte si possible toutes les espèces végétales, animales ou minérales inconnues rencontrées au cours des escales afin de pouvoir les étudier.

Le maître calfat

Veille à l'étanchéité du navire et pare à toute voie d'eau quelque soit l'heure ou l'endroit.

Le maître charpentier

Répare ou remplace toutes les pièces de bois endommagées ou cassées sur le navire.

Le maître forgeron

Fabrique ou restaure toutes les pièces de métal utilisées sur le navire.

Le cartographe

Chargé d'élaborer ou de préciser le relief des côtes abordées au cours des voyages afin d'améliorer, morceau par morceau, le tracé des cartes maritimes.

Les domestiques

Au service exclusif de l'état-major.

La ration d'une semaine pour 7 hommes

Le maître coq et ses commis préparent **700** pintes (665 l) de soupe par chaudière. Ceci n'est possible que par mer calme. Par gros temps, le risque d'incendie est tel que l'équipage se contente d'un repas froid.

	déjeuner	dîner	souper
Lundi	biscuits 180 g pièce — eau vin	bœuf salé 1,7 kg — eau vin	pois 850 g — eau vin
Mardi	—	pied de cochon 1,8 kg	haricots 850 g
Mercredi	—	morue 850 g	fèves 850 g
Jeudi	—	lard salé 1,2 kg	pois 850 g
Vendredi	—	morue 850 g	haricots 850 g
Samedi	—	morue 850 g	fèves 400 g
Dimanche	—	lard salé 1,2 kg	riz

La teigne

Le charançon

Ils étaient les invités fidèles du repas des matelots...

Le pain
Distribué parfois le dimanche pour donner du cœur à l'ouvrage...

Le tafia
Eau de vie de canne à sucre, la boisson réconfort...

Les repas sont sonnés à la cloche de gaillard comme bien d'autres évènements du bord...

Le bidon
(pour le vin)
3 pintes
= 2,85 litres

La gamelle
Pour recevoir
la viande et les
poissons.

Le gamelot
(corbillon)
Pour les galettes
de biscuit.

Le charnier
Pour la distribution de l'eau, placé chaque matin
à l'entrée du pont de gaillard avant.

Une corne de bœuf emmanchée
pour les rations d'eau,
contenance : 6 cl.

ng   dong

déjeuner	(l'été) **7h 30** (l'hiver) **8h**
dîner	**1h 30**
souper	(l'été) **6h** (l'hiver) **5h 30**

Et encore
de la vermine !

Le repas des matelots

Quelle
chochotte !

35

Les matelots, rationnés par groupe de sept, improvisaient leur maigre pitance, appelée "le plat", à même le pont de batterie. On avalait sans réfléchir les aliments rances et on buvait l'eau sans en renifler l'odeur âcre, avec pour seul dessein de se remplir la panse pour subsister quoi qu'il en coûte...

Commandant,
votre vin de Cahors
est fameux !

Félicitations au coq,
cette poularde est
divine...

Dans le carré de l'état-major, en revanche, on ne connaît pas la disette. Au menu, cuisine raffinée, viandes et volailles sur pieds provenant du parc à bestiaux, vins de grands crus de Cahors ou de Bordeaux extraits des caves personnelles, pain du jour, pâtisseries. Le rationnement n'est pas de mise...

L'hygiène

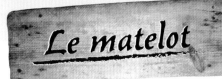
Le matelot

Sur les côtes de France, pêcheurs, bateliers,
marins du commerce sont recensés selon la
loi royale en vigueur au XVIIIe siècle.
Ils doivent 1 an de travail dans la marine du
roi tous les 3 ou 4 ans dès l'âge de 14 ans
et ce jusqu'à leur 60e printemps...

Les mousses

Ils embarquent dès l'âge
de 10/12 ans.

Effets personnels du matelot
* 1 sac qui ferme
* 1 hamac
* 1 couverture
* 1 chapeau / 1 bonnet
* 2 gilets
* 6 chemises
* 2 culottes
* 2 paires de bas
* 1 paletot
* 2 paires de galoches
* 1 écuelle (demi-noix de coco)

Originaire du littoral de Bretagne, de Saintonge, de Guyenne
ou de Méditerranée, le matelot est un homme rompu à la mer.
Il sait tout du matelotage.
Il connaît les manœuvres, sait faire des épissures, les différents
nœuds n'ont pas de secret pour lui, c'est même un passe-temps
quand il n'a rien à faire.
Il sait estroper, frapper les poulies, capeler les haubans et les étais,
par beau comme par mauvais temps...
Grossier, robuste, il faut bien le nourrir et exciter sa bravoure.
Superstitieux, il sait reconnaître un bon commandant.

36

L'hygiène:

GRAT GRAT GRAT

Pas d'eau douce ni de savon
(encore onéreux pour l'époque),
une humidité permanente,
une promiscuité forcée, des corvées
harrassantes, une nourriture inapte :
en mer, tout s'alliait immanquablement
pour faire de l'hygiène une denrée rare.
L'eau douce, précieuse, rationnée, ne servait qu'à déssaler la nourriture.
Le linge, rincé à l'eau saumâtre, ne séchait pas et provoquait de douloureuses
infections cutanées...
L'aubaine d'une bonne pluie ou d'un gros grain nettoyait vite les esprits
de ces affres coutumières...

Le p'tit coin

Latrines ou poulaine :
un banc d'aisance à chaque bord soit 2 pour 296 hommes

Peu propice à la rêverie, situé à l'extrême avant du navire
et à l'aplomb du mât de beaupré, là où les vagues successives
viennent gifler férocement l'étrave, sous l'œil bienveillant
de la figure de proue, une plateforme rudimentaire est aménagée
à cet endroit pour les besoins de la cause, ouverte à tous les
vents. Comme on peut aisément l'imaginer, les vagues sont
efficaces et promptes à effacer toute trace de passage...

Dépêche "la chique"
ça presse...

croac!

Effets personnels de l'officier

* Des malles
* Des coffrets
* Une cave personnelle
* Une garde-robe ordinaire et d'apparat
* Des livres
* Des objets personnels
* Des instruments de musique
* Une possibilité de promotion
* Une formation continue
* Une vaisselle de qualité
* Une artillerie personnelle

L'officier

L'officier, d'origine noble, a suivi un enseignement scientifique en arithmétique, géométrie, et mécanique.
En mer, sous les ordres de son commandant, il doit surveiller les manœuvres et faire régner la discipline et l'autorité sans pour autant se mettre à dos un équipage aux aguets.
C'est avant tout un militaire au service de la marine du roi qui se doit de mener carrière en espérant figurer dans les plus beaux fleurons de la Royale...

La toilette

Son hygiène est bien plus élaborée.
Dans sa cabine, loin des regards indiscrets, il peut vaquer sereinement à ses ablutions.

Une fontaine murale alimentée en eau douce offre à chacun la possibilité d'une toilette de luxe en ces lieux.

Dans une relative intimité, et accompagné de ses objets personnels, livres, instruments de musique, il peut à loisir oublier quelques instants les rigueurs de la mer...

Les bouteilles

tribord : réservée à l'usage du commandant
bâbord : à l'usage des officiers

Disposées de part et d'autre à l'arrière de l'Hermione, en accès direct par le carré de l'état-major, ce petit endroit clos laisse supposer bien plus de confort pour l'usager. Qui sait, peut-être fut-il le théâtre de grandes réflexions, voire de décisions historiques...

Le papier toilette n'est apparu qu'au XIXe siècle sous forme de pavé de papier en accordéon et de mauvaise qualité. Au XVIIIe siècle, à terre, les journaux relativement répandus servaient de substitut, tandis qu'en mer, les officiers optaient plus vraisemblablement pour un linge de lin ou de chanvre...

37

Le couchage

brrr brrr brrr brrr brrr brrr brrr

Y a des gouttières...

Ça pue des pattes !!

C'est pas un peu fini ce raffût !

Pour les gabiers et les matelots

Dans l'humidité omniprésente, l'obscurité quasi totale et une franche promiscuité, chacun, à la gîte dans son hamac rudimentaire, goûte au sommeil réparateur...

Les quarts

Les matelots sont divisés en deux catégories : les tribordais et les bâbordais.
Pendant que les tribordais vaquent à leurs occupations, les bâbordais sont au repos et vice versa.
Selon la nuit ou le jour, chaque matelot doit reprendre son poste toutes les 4 ou 6 heures (prendre son quart).
Cette organisation rigoureuse du travail en alternance évite l'encombrement sur les ponts
et régule l'activité et la veille sur le navire 24 heures sur 24.
La place à bord est extrêmement restreinte et chaque homme doit respecter sa zone de travail.

La discipline est de mise sur une frégate et gare à celui qui ne respecterait pas les ordres.
L'équipage doit répondre au doigt et à l'œil pour qu'un navire de cette taille, où la place est comptée,
puisse naviguer en toute sécurité...

Pour la maistrance

Les maîtres : chirurgien, armuriers, charpentiers, etc. Mieux lotis, ils disposent de compartiments individuels de part et d'autre à l'avant du faux-pont.
Ils montent à bord du navire avec leur matériel personnel qu'ils rangent soigneusement dans leurs quartiers, et veillent à ce qu'il ne change pas de main...

Les officiers
Le commandant

Ils ont à leur disposition des couchettes à l'arrière du faux-pont à l'écart du gros de l'équipage.

Il est l'unique à posséder une cabine vraiment isolée et à bénéficier d'une parfaite intimité. Libre à sa guise de sombrer dans de douces rêveries. Seul maître à bord après Dieu et le seul pourvu d'une véritable literie...

N'oublions pas que le commandant comme les officiers tiennent à leur disposition des domestiques dévoués à leur service et en charge de l'intendance (linge, vaisselle...).

La pêche se pratique pour améliorer l'ordinaire.

Si ça picote un peu, c'est normal!

Le tatouage

Cette pratique, empruntée aux peuples indigènes du Pacifique, fut rapportée par des marins fascinés par cet art décoratif.
La technique se répandit dans tous les ports du monde, çà et là dans des boutiques ou à même la rue.
À bord des navires, des matelots eux-mêmes sachant un tant soit peu dessiner, pratiquaient cet artisanat en échange de quelques profits...

Les encres

Un chiffon

L'aiguille

40

La musique et la danse

Un-deux!

Une bonne gigue pour dénouer l'estomac et conjurer les démons...

Les chants de marins

"Quinze marins"

Quinze marins sur le bahut du bord
Yop la hou une bouteille de rhum
À boire et le diable avait réglé leur sort
Yop la hou une bouteille de rhum
Long John Silver a pris le commandement
Des marins et vogue la galère
Il tient ses hommes comme il tient le vent
Tout l'monde a peur d'Long John Silver
Essaye un peu d'le contrecarrer
Et tu iras où tant d'autres sont allés
quèqu's-uns aux vergues et quèqu's-uns pard'ssus bord
Tout l'monde pour nourrir les poissons d'abord

Les osselets

Jeu d'adresse et de rapidité pratiqué à temps perdu à l'aide de petits os des moutons (le carpe).
La règle consiste à jeter en l'air le seul osselet distinct des cinq autres("le père", marqué d'une couleur) puis saisir un osselet au sol avant qu'il ne retombe par terre et le rattraper.
L'objectif étant de se saisir ainsi successivement, 2 puis 3 puis les 4 osselets posés au sol...

Les punitions

La discipline

On ne badine pas avec la discipline à bord d'un navire de plus de 300 hommes.
Les sanctions sont réglementées et soumises, après une brève délibération, à la décision du capitaine.
D'une simple privation d'eau, on peut aller crescendo jusqu'à la peine capitale.

117, 118...

Attaché au cabestan

Liés par les mains en position humiliante et aux yeux de tous, le récalcitrant recevait des coups de garcette par séries.

Plus que 32...

La cale

Pavillon rouge hissé et canonnade pour prévenir aux alentours. La cale est un supplice prononcé généralement en cas de vol et qui consiste à précipiter du haut de la grand vergue une ou plusieurs fois à la mer, le coquin, bras, cuisses et mains liés. Les marins de l'époque, pour la plupart mauvais nageurs ne goûtaient guère cette pratique et gare à ceux qui manquaient de souffle...

damned!

Pitié

Sainte Marie,

frère François !

À moi !!!!!

Mis aux fers

Pour les ivrognes, les bagarreurs, et autres blasphémateurs, à chacun son lot de misère.
Au pain sec et à l'eau, consigné aux escales et pour une durée indéterminée.
Une sanction pénible et mal vécue.

J'ai la panse en nœud de pendu.

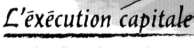

L'exécution capitale

Pour les pilleurs, les incendiaires ou les meurtriers, les peines sont très lourdes. Allant de la flétrissure (ancre marine marquée au fer rouge) à la condamnation aux galères, jusqu'à la peine de mort.

Bouge pas comme ça ! Je vais te rater...

J'aimerais t'y voir suppôt de satan !

Les escales s'avéraient indispensables à la survie de l'équipage après des mois de mer, en priorité pour renouveler l'eau douce devenue rance et croupie et qui provoquait de graves maladies digestives chez les matelots.

Les escales

Les navires, en général pourvus de vivres pour une durée de six mois, se heurtaient à des conditions difficiles en mer qui occasionnaient bien des pertes.

Les escales deviennent alors l'occasion inespérée de ra vitaillement mais aussi de répit pour les marins souvent malmenés par le gros temps à bord...

Elles permettent d'assouvir leur curiosité pour des terres lointaines et inexplorées, spectacle grandiose de végétation sauvage et luxuriante, et de provoquer des rencontres fortuites avec des espèces animales inconnues. Mais avant tout, elles offrent la possibilité d'améliorer l'ordinaire dans ce véritable garde-manger à ciel ouvert.

Priorité des priorités, faire "aiguade", faire le plein d'eau. Les hommes partent à la recherche d'un ruisseau ou d'une rivière pour y puiser de l'eau douce et remplir les barriques en quantité nécessaire pour l'équipage.

Sur ces îles s'offrent à foison légumes sauvages, fruits frais, animaux à chasser, poisson à pêcher...

On cueille, déterre, ramasse tout ce qui semble comestible. Le cœur à l'ouvrage, les matelots font les provisions qui vont redonner vie à leurs estomacs.

Le naturaliste en plein travail, répertorie, croque, complète ses herbiers, remplit bocaux, cages et tontines* de toutes sortes de spécimens, pas une minute à perdre...

Chaque homme goûte, le temps de l'escale, aux odeurs de terre ferme presque oubliées, à la liberté d'aller et venir à son gré dans les grands espaces... Un plaisir unanimement partagé, sauf pour les consignés.

*Une tontine
Récipient en osier tressé pour conserver une plante et ses racines dans une motte de terre afin d'être transplantée.

42

Sauve qui peut ! L'accueil imprévisible des autochtones en terre inconnue se révélait parfois fort inhospitalier, la fuite s'avérait alors bien souvent la seule issue raisonnable...

D'autres fois plus chanceux, c'était un petit bout de paradis qui s'offrait à eux et dont on avait bien du mal à partir...

Bien des légendes ont circulé de bouche à oreille, de bateau en bateau, de port en port, sur ces contrées lointaines, ces îles paradisiaques et ces peuples du bout du monde, aussi divers et variés en apparence et en coutumes, accueillants ou belliqueux, et qui hantaient les esprits des gens de mer.
Autant d'histoires qui ont traversé les mers et les océans et se sont transmises au fil du temps, de l'Histoire...

Un grand merci !

À ceux qui m'ont laissé toute liberté d'agir
et ceux avec lesquels j'ai collaboré de près ou de loin pour mener à bien ce projet.

L'Association Hermione-La Fayette

www.hermione.com

Benedict Donnelly, Président,
Maryse Vital,
Isabelle Georget,
ainsi que l'ensemble des intervenants professionnels sur le chantier.

Un merci particulier à Jean Thomas,

conseiller historique auprès de l'Association,
pour sa précieuse relecture sur les pages techniques,
et sa tolérance amusée à l'égard du ton parfois fantaisiste de la mouette...

45

Reproduit et achevé d'imprimer en Italie (Papergraf)
pour le compte de Gulf Stream Éditeur
Impasse du forgeron, C.P. 910
44806 Saint-Herblain cedex
Dépôt légal, 1re édition : avril 2009
www.gulfstream.fr